五行歌集

あの山のむこう

中島 さなぎ
Nakajima Sanagi

そらまめ文庫

目次

山がある　5
空がある　15
COVID-19　ビフォーアフター　21
少年時代　31
３年Ｂ組　37
働く　41
３６５歩　51
ルーツ＆スイーツ　63
ヒョウ柄日和　67

悲しき食いしんぼ　75
春夏夏秋冬　81
百花事典　103
命の周辺　115
一対　男と女　121
遠い島　遠ざかる母・義母・父　129
跋　草壁焰太　142
あとがき　146
五行歌私的年表　149

山がある

山の向こうにも
山がある
山を越え
知った
美しい山

そびえ立つ
弱い自分を
越えて
頂を
めざす

青空に
骨のような
半月
痛むなよ
膝

いつかの
盆おどりの
へこ帯の色
穂高連峰へ
たなびく雲

星空凌駕する
大朝焼け
昨日を
今日が
越えていく

男子高校生の団体と
山道で
すれ違う
なぜなんだ
キミたちいい匂い

山男　山ガール
山ジジババに
次々抜かれ
難所の半ばで
へたり込む

思考停止
壊れたレコード
♪負けないで
鳴り響く脳内
ときどき口ずさむ

雷鳥沢のテントはもう点点
遥か下に地獄谷の白煙
縮尺が小さくなって
広がる山の景色
ザックが軽くなる

帽子　タオル　メガネケース
お守り　手袋　キーホルダー
かけられるものは
木にかけてある
登山道の落とし物

寝袋ぎっしり
定員16人に24人
気をつけの姿勢で
24色組の色鉛筆の
一本になる夢をみた

ガス吹き飛ばす
一陣の風
五秒の絶景
千尋の谷
敷き詰める紅葉

天狗岳への
ナイフリッジ
渡れたのは
足下隠す
ガスのおかげ

きっと
手招きされたんだ
お花畑の
崖側に
傾く

白山室堂で
出迎えてくれた
アサギマダラ
帰省の島に
先回りしてた！

さらさらと
流れる月日に
深く
杭を打つ
登山の日

空がある

幾千万の
願いをのせ
流星の
沈む
速さよ

願いごと
言えないまま
首が痛くなった
ペルセウス座流星群
ここには墜ちてこない

オリンポスの神々が
おわすような
崇高な雲の嶺が
大阪上空を
シャラン　格上げする

ポンポン山に
銘々《メーメー》
影連れて
羊雲の大群も
京へお上りか

踏切待ち
いつもはスマホ
きょうはみんな
空見上げている
仕事帰りのスーパームーン

月食観察
公園に来た親子
「パパ見て見て」
鉄棒くるくる
月を背に逆上がり

あなたがくれた
詩集の
折りぐせ
開けばいつも
「星」のページ

寝ころぶと
目が合う
丘の上のお月さま
わたしの部屋
いつから見ていたの

人知れず
空へ漕ぎ出す
白い小舟
淋しくはないか
朴の花よ

COVID-19
ビフォーアフター

毒の色
してないから
怖い
春霞の顔した
PM2・5

パニック映画の
ワンシーンだろ
向かいの席
六人全員
マスクなり

被災地を
お見舞い申し上げまぁす
街かどＦＭ
罪のない
ＤＪの軽やかな声よ

山里塗り替える
カラス色
分け入れば
一面の
電力畑

破片に混ざった
巨大なホコリ
家事の手抜き
暴かれた
震度6

その下に
青ざめた顔がある
ブルーシートの屋根
目が痛いほど
ブルー

にちようび
ベランダから
平和が見える
ひらパーの駐車場
マイカーぎっしり

空っぽの駐車場
無人の観覧車
春を閉じ込め
ひらパー
凍結

※2020年4月緊急事態宣言

朝から響く
ドリブルの音
公園に
群れる少年を
叱れない

現場じゃないけど
テレワーク無理
ただ今混み合っております
自粛特需の
コールセンターは3密

黒いまつ毛
透き通る肌
街を彩る
マスク美女
唇には色がない

ご婦人方が
最後に脱ぐのは
マスクでした
温泉の脱衣場
GoTo の旅

助けてくれた
NETFLIX の網
ステイホーム
過ぎても
抜け出せない

エサとグータラ
ひと冬
甘やかした
わたしの膝こぞう
立派なインド象に

土砂降りあとの
虹のよう
いっせいに
紫陽花
咲いた

※緊急事態宣言解除の日に

鉄橋から
手を振れば
大きく振り返す
保津川下りの舟人の
悩みなき顔

※2019年春　京都保津峡にて

すべて元通りに
とは望みません
ピアニストが
ピアニストに
戻れますように

少年時代

褐色の肩
ピリリ
めくって
少年が
夏を脱ぐ

焼けた道路に
濃い影背負って
プール帰りの
ぼくたちは
重力の塊だ

天然よりも
野生であれ
草食系でも
きみは
動物

正論しか言わんから
あいつキライや
下校の中学生ら
カワイイ顔しかめて
言う言う

おでこ全開
自転車の美少年
幕のように
前髪が下りる
信号待ち

のっぽの影法師
踏んで踏まれて
走って帰る
少年の輪に
おまえもいたか

道草を誘う
あんず色の夕暮れ
あの路地の奥
石けりの兄と妹が
待っていそう

兄を追っかけ
木登りに
秘密基地
私にもあったよ
少年時代

夏至くらい
明るい
たっぷり遊んだ
子どもの声
またあしたなー

3年B組

陽が
射せば
塵
光る
春の教室

英語のリスニング
臨時教師の名を忘れても
ジミー・クリフは忘れない
初めてのレゲエ
七月の視聴覚室

昔はもらえた
欠席者の牛乳
恥ずかしながら
3年で10センチ
背が伸びた

小柄男子と
手を取り合えば
背負い投げの構え
オクラホマミキサー
猫背でステップ踏むのさ

四十年ぶりの同窓会
先生を
追い越しすぎた友へ
宴会前の
黙祷

働く

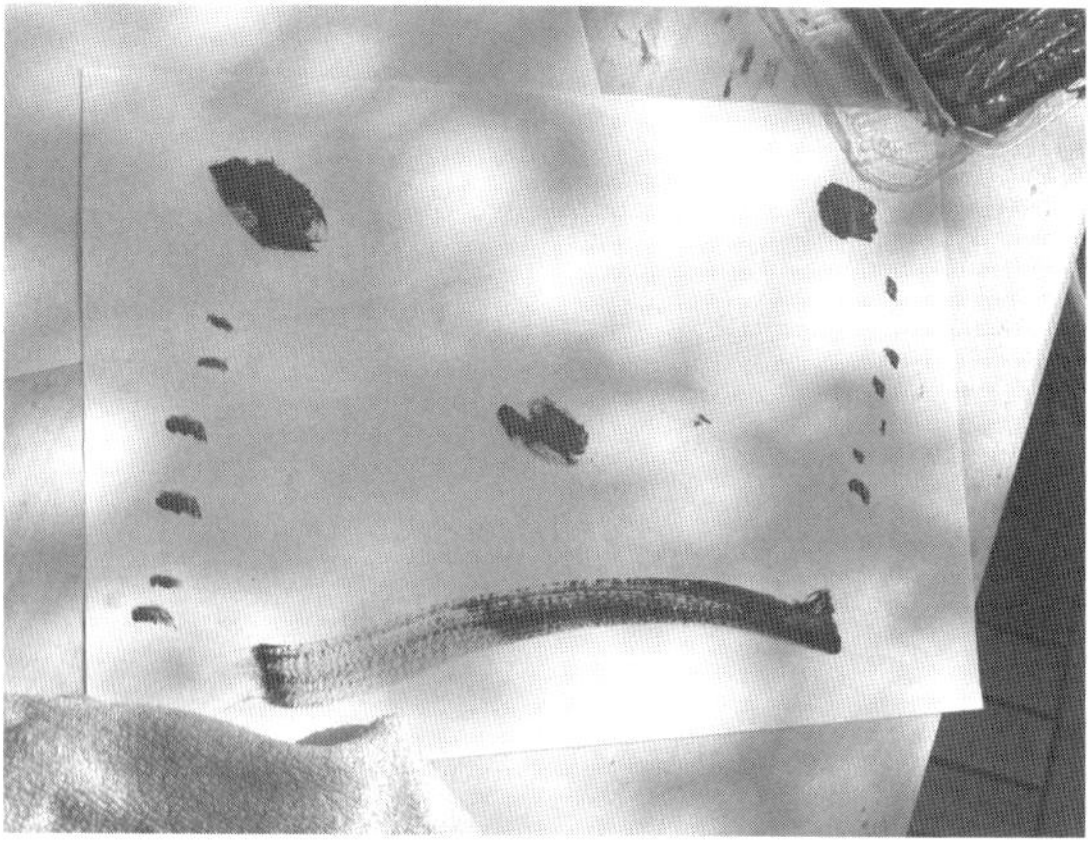

一日が始まる
主婦の
ねじりハチマキ
まず
湯を沸かす

仇みたいに
のしてやる
襟、袖、身頃。
ワイシャツの
アイロンがけ

リストラ
就職難
ホームレス
労働者階級とは
褒め言葉

選ぶんじゃなく
落とすためでしょ
面接官の
意地悪な問いに
ウッ　と黙りこむ

面接連敗という
初対面の人と
サブウェイでランチ
レタスと就活のグチ
ポロポロこぼしながら

誰かの着信鳴り止まず
家族になにか
親戚死んだか
勤務中だけど
皆ロッカーに走る

毎日
すり減る
ソウル
会社には
安い靴で

歯車ニモ
番号ガアル
二番歯車ハ
二番歯車ノ
仕事

降りだす雨
宅配男子
体ごと
傘にして
走る

Tシャツの腕
傷だらけ
バラ農家の青年
胸いっぱいに
バラを抱く

コートの仕立てに
明け暮れたのが
私の夏だと笑う人に
豊かな秋は
訪れていますか

鰹節屋の大将が
振るまう
お茶とコーヒーが
旨いのは
ダシが利いているから

連れて帰りたいほど
可愛いって
プラネタリウムの
案内職員
土星にメロメロ

女子たち
仕事のうち
スーツケースに
義理チョコ詰め込む
梅田阪急9階のベンチ

帰り支度の速さも
スキルのうち
工場前のバス停
5時5分過ぎの
行列

大会の
一部始終を
撮る
カメラマンは
写らず

賑わう
イオンの
初売り
レジ付近に
湿布薬の匂い

屍臭がする
墓掘り人は言うが
辺りいっぱい
墓掘り人の
柔軟剤の匂い

365歩

空元気
からから
空っぽだって
空気は
あるさ

くしゃくしゃの
しわしわでも
透明の翅
胸に
大事に持っている

いつだって
平熱
平脈
ときめかないのも
健康の秘訣

いい天気だ
逃げも隠れもできない
Gパンのポケットのところ
あたしの裏側
どっちが先に乾くかな

ハンドクリーム
塗っても塗っても
カサカサ
粗悪品だわ
わたしの手

出っ張ったところから
干からびる
野菜だ私は
カサカサの唇じゃ
愛は語れない

うすっぺらの
ぺらんぺらん
軽ーい人間でいいじゃん
風になびけば
風のかたちに

AB型の私
A面ばかり
使った日の
A《あ》A《あ》
人疲れ

浅くても
深くても
表面は
きらめく
水をたたえておく

鳴らない音がある
わたしの鍵盤
叩いてみよう
もう少し
強く

近づくだけで
蝶は飛び立つ
手を伸ばせば
蜻蛉たち逃げ惑う
私という脅威

薔薇のような
レディに
なりたかったのに
棘だけ
生えてきた

〇〇も負けていません
と言われた時点で
すでに
ちょっと負けている
ちぇっ

黒々とした一日を
綴るには
うんと贅沢な
余白が
必要

氷の心
沈めても
尖った角が
水面に
プカリ

竹林
まっすぐ
抜けてきた風
私に当たり
あえなく屈折

剥がれる
歪む
キーキー言う
古びてきたのは
建具だけだろうか

大阪のおばさん
六人寄れば
最年少の
私に
持ち時間はない

自己満足
自己嫌悪
自己憐憫
不規則三日ローテーション
自己管理できず

かけ違った
ボタンは
外せばいい
夜はパジャマに
着替えましょう

澱んではいないか
わたしの水
溜まったら
栓を
抜いてみる

風待ち
波待ち
ワクワクするけど
船酔いするから
わたしは凪待ち

ルーツ＆スイーツ

乳房杉（隠岐の島）

パリパリ
口が切れるほどの
バゲットが好き
島育ちだけど
前世はパリジャン

血が騒ぐ
温室エリア
バオバブ、サボテン、ラフレシア
私のルーツも
南方系だろうか

鯛焼きだったら
最高なのに
私のロングブーツ
シッポまで
あんこギュギュッ

ビスコッティの差し入れに
「ビスコッティって監督いたよね」

「『ローマに死す』のビスコンティ？・」

「ビスコンティは『ベニスに死す』よ」

「美味しい。このビスコッティ」

ときどき生えてくる
私の角が
金平糖のように
甘くてきれいで
丸かったらいいな

あんこが好きな
あんたの
あん餅の
あん
になりたい

ヒョウ柄日和

それはそれは立派な
山の手の
お屋敷の
表門の
新築の蜘蛛の巣

杖の老人が
ジャージの青年を
追い越していく
駅の地下道
市民マラソンの午後

居間のソファー
バッタと
バッタリ
ワッ　ヤヤッ
双方跳び上がった

両手足足
しがみつく
バッタくん
ピンクのシャツ
ダンナのやで

ヒョウ柄か
トラ柄か
しらんけど
まだらに
好い人である

駅前クリニック
リニューアルのお知らせ
「今までとはまったく違います」
それが売りで
イインですか

おしゃれ女子
真冬にノースリーブ
九月のブーツ
先取りなのか
半周遅れか

レモン
デコポン
梅干し
変化する
女の肘

右側の客
全員舟を漕ぎ
バスは
ゆっくり
左へカーブ

闇に沈めば
浮かぶ夜景
バスの窓
街のうえ
もう一つの街

捕獲された
チーターみたい
淡路島のパーキングに
黄色い
ランボルギーニ

美しい絵を
生み出す
画家のアトリエ
事件レベルの
雑然

こんばんは　には
こんばんは　って
返すもんやろ
うちのマンションの人ら
みな異星人

悲しき食いしんぼ

山菜の天ぷら
珍しい名を
教えてもらっても
店を出れば
もう知らない草

メバルの驚愕
アジの後悔
カマスの無念
魚は
切り身がいい

レモンギュギュッ
しじみぎゅうぎゅう
窮屈だろうに
栄養サプリ
「百個分がこれ一粒」

ほんのりと
みかんの香
回転寿司屋にて
みかんブリを
悲しむ

老舗の
とんかつ屋
伝票の
油染みまで
旨そうだ

浅草の
おでん屋の大将
大根注文しただけで
関西人を
見抜く

台所のジャングルで
生き延びる
バナナ
三日かかって
キリンに化ける

グァテマラか
キリマンか
違いを語るより
コーヒー
熱いうち飲んじゃって

行ったことない
異国の
市場に
行ってみたいな
モロッコいんげん食む

春夏夏秋冬

天の川（枚方市）

目が
覚めるような
緑の芽
目を
覚ましたばかり

手をつながれて
真新しい体操着
年少さん
どの子も
デカパンさん

きれいだったね
ほんとにねぇ
車内の乙女たち
頬染めて
お花見の続き

バタバタ親ツバメ
5羽の子育て
ヒナ1ヒナ2ヒナ3にエサ
ヒナ4ヒナ5ヒナ4にエサ
ときどき席替えしてるよね

滴るような
万緑を
抱きしめても
染まりはしない
私の翳よ

五月の光に
隠しきれないものがある
わたしたち
昼間逢うのは
やめときましょう

シーツ洗う
連休明け
昨日の朝は
おまえが
いたな

一輪挿しに
ミイラみたいな
カーネーション
捨てられないで
五月が終わる

夕立ち駆け抜けた
梅田の空
「あっ、虹」
何万個やろ
見上げる瞳

あお、みずいろ、うすみどり、
夏日の四条大橋
行き交う人の
まとう衣
打ち水のよう

リアウィンドウに
夏雲
のっけて
スカイライン
かるーく飛ばして

バスクリン
入れて
浸かりたい
小学校のプールの
湯加減

サザンが
復活しても
あの夏は帰らない
光る波の
ずーっと向こう

サンダルばきの
人魚かと
海辺のコンビニ
長い髪の少女
夜光貝の爪

祖母の家の
碧い蚊帳
海底で
眠る
夏休み

ばあちゃんに
蚊帳外され
朝寝ぼうの
魚たち
網にかかる

ありゃー
ミミズせんべい
ややっヤモリせんべいも
じりじりこんがり
アスファルトの上

大雨来たぁ
サンダルの先
大ムカデも
あたふた急ぎ足
ゲゲッ、お先にどうぞ

ロータリーの温度計
二度見て
天を仰ぐ
半端ない汗止まらない
枚方駅前南口午後一時

オセロみたい
足のうらおもて
駅の雑踏
改札抜けてく男の
ビーサンに釘付け

ダッダバダッ
ドッドッドッ
折り返せば
音が変わる
滝への道

窓決壊
湯滝のような
蝉の声
四畳半で
溺れる

口移しのように
あなたから
もらう火種
線香花火
爆ぜる

もう少し
一緒に見ようよ
一番きれいな
花火は
最後

きれいな貝殻
ガラス瓶のかけら
熱い砂のうえ
恋を拾うまでは
宝物だった

十三夜の月が
照らしているかしら
桂浜の遊歩道
片方落とした
金色イヤリング

夏を謳歌した
宴のあと
置き去りの
楽器
室外機の陰に

戻ってきた炎暑
草むらの奥
あわてんぼうの
コオロギ
焦げていないか

森のテーブル
料理は
どんぐりてんこ盛り
お客様はベンチにどっかり
どんぐりどんどんぐりさん

高原の「ススキまつり」
太鼓とコーラスと忍者ショー
できるなら静かに
枯れさせてくれないか
一面のススキが首をふる

マントひらひら
魔女と小鬼とハリー
パパママ従え
商店街を往く
ハッピーハロウィーン

洗たくカゴに
血まみれナース服
朝帰りの娘の
寝顔を確かめる
ハロウィン明け

朝宮小学校の
のっぽの銀杏
児らの手に
金次郎の背に
光りながら降る

冷えた
二人
染め残し
寒霞渓
全山紅葉

雨もまた愉し
京の紅葉狩り
黒谷さんから真如堂へ
傘に貼りつく
もみじと歩けば

ヒイラギのシール
ぜんぶ裏向き
安売りのパン屋に
期間限定の
サンタパン並ぶ

師走のまち
鍋を抱え
母の店へ
小料理京らくの
おでんが夕飯

寒い夜は
おでんが恋しい
鍋の底
兄と取り合った
とろとろ牛すじ

牡丹雪
駅前の空と
陸橋と
透明傘を
覆い尽くす

雪混じりの
たそがれどき
すれ違う
マスクの中
キツネの面

どのチャンネルも
みぞれと言わず
シャーベット
路肩の雪も
欧米化

寒さより
きみの
吐息を思い出す
ふゆ　と
口にするとき

百花事典

また出直すわ
蕾に戻りたい日も
あるだろう
寒椿も
寒梅も

着膨れた
老女ふたり
話し込む
梅林の
昼さがり

祇園小唄が
聞こえてきそう
駐車場を
お座敷に変える
紅しだれ梅の姐さん

路地裏の
陣取り合戦
紅白五分五分
散りゆく
源平咲き分けの梅

朽葉いろに
席巻され
白椿
半分は
白にあらず

俯せ
ときに
仰向け
路面に累々と
八重椿

バラみたいに
きれいねって
お嬢さん
それは椿に
失礼です

まるでわたがし
バケツいっぱいの
スイートピー
甘党のわたしを
引きとめる

霞か雲か
山の中腹
そこだけ明るい
霊園に咲く
ソメイヨシノ

終日《ひねもす》
もやもや
桜めざめ
眠れない人
眠い人

さわさわ
青空を
くすぐる
山茱萸の
黄色い刷毛

少女の髪に
花びら散る
まつ毛に
肩に
その前途に

苦手だったな
長縄跳び
大波小波
うねる
ユキヤナギの道

道の駅の花は
知っているかしら
首にぐるり
新鮮野菜のテープが
巻かれていることを

サイズが合えば
履いてみたい
貴婦人のスリッパ
食虫花は
ロココ調

そんなにも群れて
息苦しくないの
三室戸寺
一万株の
紫陽花額紫陽花

朝顔を飛び越してきた
ホースの水
少年よ
じょうろを
買ってもらいなさい

ロケット花火の
かたちして
サルスベリ
チリチリ
燃え続ける

こぼれ種の日日草
どうして
咲いちゃったの
明日は
雪なんだけど

桃、梅、桜の
名を冠す
老人ホームに
一本も
樹がない

そこに
どんな花が
飾ってあったか
忘れるのだ
男は

命の周辺

そのとき息は
あったのだろうか
アスファストに
ぺしゃんこの
蝉

息があるうちは
収集できません
段ボールの仔猫
二度目の電話で
受け付けられる

満たされた痕
身の裡に刻み
用の美の水差し
美術館に
死す

絶命のかたち晒す
ポンペイ展の女性
わが身に降りかかった
運命を
恨む間もなく

どれほど見たのか
始まりと終わり
光と闇載せ
観覧車
回る

緑の絵の具
2ダース
残し
山の画家
逝く

白亜紀に
帰りたい
恐竜の
あばら骨か
廃屋のピアノ

アスファルトに
潰れたカナブン
メタリックグリーンの
無傷の翅で
空へ

詩人になれなかった
死人
死人になった
詩人
どちらにもなりたくない

一対　男と女

似て非なる
似た者夫婦
否《いや》から始まる
私たちの
会話

二人の暮らし
ゆっくり
侵蝕する
漣ほどの
諍い

結婚リアル
その一
インスタ映えしない
料理を
毎日作ること

オッケー Google!
聞いたことない
明るい声
スマホに
話しかける夫

言った。言ってない。
聞こえない
投げやりじゃ
届かない
耳より遠い　心

同じ空に
違う星を
探す
異星人と
暮らす

傷つけあい
強くなる愛
ときに
急所を
かすめながら

ターンテーブルに
針を置けば
どんな音が鳴るかしら
あなたと刻んだ
いびつな溝

出逢ったことが
あなたの運命を
狂わせたのなら
わたしも悪女の
端くれだろうか

やわいから
よう支えません
凹んだら
凹むから
並んで空みよか

大事にし過ぎて
どこへしまったのか
わかりません
ダイヤほどの
あなたへの愛

キミとボクの
推進力
引きあうより
反発しあって
生きていく

好きなとこ嫌いなとこ
指が足りない
数えるのは
一緒に過ごした
時間だけにしておこう

あなたの帰りが
待ち遠しい
給水タンクの
フタが
開かない

遠い島　遠ざかる母・義母・父

甲板から
見下ろす港
母が
やけに小さかった
旅立ちの日

丘の上
白い校舎
右手に見えたら
フェリーは旋回
島の港へ

白い鏡台
引き出しに薔薇一輪
女のしるしのように咲いていた
いつ捨てたのだろう
母の鏡台

その一言
聞かないように
言わないように
薄っぺらな話
母娘でぺらぺら

母の分厚い
手のひら
足のうら
面のかわ
子を守るため

かつて妹に
振りかざした
私の正義が
老母を
追いこむ

郷里《さと》からの電話
母以外の人が
かけてくるときは
悪い知らせ
と　心得る

夜をかけて走っても
辿り着けない
荒海の果て
隠岐島《ふるさと》行きフェリー
終日欠航

記憶がほろほろ
こぼれ落ちる
母よ
口癖みたいに
謝らないで

行き先言えなくても
大丈夫
島のタクシー
うちの家を
知っている

読みとれない
母の記憶
放課後の黒板の
うっすら残る
チョークの文字

ご近所さんが
母の見送り
帰って来てね
声の中に
家を売ってね

いつでも帰っておいで
優しいふるさとに
かならず帰ると
真顔で
嘘をつく

困ったな
実家を
なくした日から
腹に
力が入らない

月
より
遠い
母の目
ハニワの目

美空ひばりの
ヒットメドレーを
スルーとは
もはや
ここにはいない母

海原に
パラパラ
ひとつかみ
貝がら色の
母を蒔く

見上げても
空にはいない
ヒトデになって
ふるさとの海に
潜っているのだろう母は

春薄暮
義母《はは》の棲む
対岸の
山の稜線
すみれ色に溶け

叔父の
通夜は
綺麗な満月だったと
義母《はは》
目を瞑る

初夏の山の薄紫
上向きが桐
藤は下へ
見分け方
義母《はは》に教わる旅

「なんにもないで」
山ほどご馳走を作って
言ってみたい
義母《はは》の
口癖みたいに

少年兵に
なり損ねた父
母と逢うまでの
長い漂流
黙したまま逝く

跋

草壁焰太

私は小豆島の出身だから、隠岐の島出身の中島さんの歌にはいつも注目していた。
島育ちには、島育ちの気持ちがある。表題となった歌、

山の向こうにも
山がある
山を越え
知った
美しい山

この歌を見たとき、私は島の人の心を思い浮かべた。島の風景の延長上にあるこの山は、はるかに遠い山である。そして美しい。

その距離感を、私は勝手に感じていた。これは、彼女の代表作だろうと。

甲板から
見下ろす港
母が
やけに小さかった
旅立ちの日

この対比の中に彼女の人生はあったのだと、私は解釈していた。その中間にある都会での生活歌、日常歌は、かなりリアルであり、シビアでもある。

そのなかでも、私が『五行歌』誌で取り上げた好みの歌がいくつかある。

あお、みずいろ、うすみどり、
夏日の四条大橋
行き交う人の
まとう衣
打ち水のよう

息があるうちは
収集できません
段ボールの仔猫
二度目の電話で
受け付けられる

この人は、どこまでシニカルなのかと、思ったこの歌も印象的だった。

詩人になれなかった
死人
死人になった
詩人
どちらにもなりたくない

詩を書く人にはかならず見てもらいたい歌である。

あとがき

出身の隠岐島《おきのしま》は映画館もない過疎の島だった。家から五十歩で岸壁に着く。楽しみは読書やラジオくらい、海の向こうに憧れて育った。

詩や文を書き始めたのは十五歳、大学ノートに日記がわりに走り書きした。関西に出て来て女子寮に入り、寮生で将来の夢を語り合った。「本を出すこと」、数十年を経て叶う日が来るとは嬉しい限りである。

五行歌に出逢う前に詩やエッセイを学んだ。講師の福田万里子先生は「切り口から血の滴る文を」と、次の夏森先生は「神は細部に宿る」、三代目の徳田先生は「説明でなく描写を」と説いた。実践は難しいけれど、教えは胸に刻まれている。結局エッセイは上達せず、五行歌へ次第に軸足が移って行った。気がつけば五行歌の会に加入して十年が過ぎている。

現在、ひらかたパークの近くに住んでいる。略してひらパー、地元出身の岡田園長の宣伝で名が売れた遊園地である。毎日観覧車を仰ぎ、休日にはどんどん埋まっていく駐車場をベランダから見るのが習慣だった。

平穏は新型コロナに奪われた。二〇二〇年春、園内の桜は満開なのにひらパーは休園、空っぽの駐車場は閉ざされた。非常事態宣言である。不要不急以外は排除され、東京のジャズピアニストも仕事を奪われた。

五行歌では実歌会開催が見送られた。臆病な私はお世話になった歌人の追悼歌会を自粛した。不義理が悔やまれる。クラスターの犠牲となった歌人もいて悔しいばかりだ。

不安が続くなか、五行歌のおかげで精神の安定が得られた。不安を歌にぶつける。文書歌会があって助かった。

皮肉なことにパンデミックが今回の上梓のきっかけとなる。やりたいことは先送りせず、今やっておこう。そんな心境の折、タイミング良く草壁先生の後押しを頂けた。

長文のついでに感謝を述べたい。

ひらかた歌会代表の桑本明枝さん。逆境に負けず、自分の立ち位置を切り拓く彼女を尊敬している。現在、大阪・豊中・千里の3歌会の代表を兼任する上田静子さん。「大阪五行歌会の母」と呼びたいほど偉大な人だ。高槻歌会の継続は石田代表の尽力プラス上田さんのサポートのお蔭である。それから文書歌会で刺激と活気をいただいている、きんきサロンのいぶやん代表など、個人名を挙げるとキリがないので割愛するが、たくさんの方のお世話になっている。

最後に、草壁焰太先生、水源純さん始め事務局の皆さんに感謝申し上げます。

この歌集の出版を容認し自由にさせてくれた家族にも感謝です。

まとまりのない歌群とあとがきにお付き合い頂きありがとうございました。

令和四年十二月

中島さなぎ

五行歌私的年表

※記憶違い勘違いご容赦ください

年月	できごと	トピックス&ひとりごと
2008年12月	五行歌を知る	枚方市内の施設にて五行歌作品展示を見て関心を持つ。
2009年1月	関西合同新年歌会（大阪）にゲスト参加	当時の大阪歌会代表ひまわり氏の白い衣装と司会が光っていた。最前列の席で草壁主宰と握手、主宰による作品講評に感激。
2009年秋	枚方ミニ歌会に加入	桑本明枝代表を囲み月一回集会。（2016年発足ひらかた歌会の前身）
同	きんきサロン作品展鑑賞	京都万華鏡ミュージアムにて。当時代表のすえつむはなこ氏の好意で一番好きな作品と写真撮影して頂く。作者の玉虫氏とのツーショットが叶う。
2012年1月	高槻歌会発足	野村八十吉代表に誘われ参加。事務局は上田静子氏。
2013年同	五行歌の会の会員になる	高槻歌会後の茶話会に参加。野村氏、上田氏、故鈴木泥雲氏、故一楽氏、後藤なをみ氏など皆さんと。コーヒーを手に文化人になった気分。
2014年1月	関西合同新年歌会初参加	芦屋歌会主催。須賀知子代表を筆頭に、和服女性陣が華やかだった。
2014年同	五行歌の会同人になる	枚方ミニ歌会後のランチ会が歌会同様に充実していく。

2015年1月	関西合同新年歌会参加	きんきサロン主催。滋賀県の旧大津公会堂のレトロな建築と外の雪が印象的だった。
2015年7月	祇園祭歌会初参加	京都コスモ・きんきサロン共催。いぶやん代表の浴衣姿が粋だった。
2016年1月	関西合同新年歌会参加	堺泉北歌会主催。川原ゆう代表のミニワンピース姿に目が釘付けになる。
2017年1月	関西合同新年歌会参加	錦楓歌会（山本宏代表）と高槻歌会（石田長男代表）共催。マイク係他担当。懇親会初参加。
2017年9月	全国大会inびわ湖参加	興奮の二日間。関西歌会の一員として会場案内係などお手伝い。
同	全国大会研究会参加	草壁主宰・紫野恵氏・泊舟氏・水源純氏による講演会聴講。
2017年10月	蝸牛庵最終歌会参加	故鈴木泥雲代表、杉本浩平氏、夕月氏、亜門氏、故比古氏など在籍。
2018年1月	関西合同新年歌会参加	芦屋・奈良（宮澤慶子代表）大和郡山・楽しい五行歌クラブ（城雅代代表）の四歌会共催。
2018年6月	京みやび歌会吟行参加	元代表・梶間弘子氏の案内により京都市植物園を散策。園内のレストランでランチ歌会。
2019年1月	関西合同新年歌会参加	きんきサロン主催。仁田澄子氏と浮游氏がご夫婦で入賞という快挙達成。
2019年5月	「五行歌25年」記念講演	京都にて主宰による講演会と実歌会。ひらかた歌会の仲間と同行参加。

2019年7月	五行歌くずは研究会初参加	世話人天河童氏を始め有志による五行歌の勉強会。月一回開催。
2019年9月	五行歌25年～言葉でひらく未来 巡回展	関西会場は大阪のホルベインギャラリー。美麗な作品ハガキ複数購入。八木大慈氏・西垣一川氏・彦龍氏・井椎しづく氏など作者にサインして頂く。
2019年11月	月刊『五行歌』誌、五行歌人インタビュー掲載	山崎光氏による取材と文。月刊五行歌掲載101回目の歌人となる。
2020年1月	関西合同新年歌会参加	上田静子氏が関わる大阪・豊中・千里・高槻歌会共催。
2020年秋	全国文書歌会初参加	危篤の母のベッド横で選歌と配点、ギリギリ提出。締切日が命日になった。
2021年秋	全国文書歌会2回目参加	コロナ禍続くも五行歌により心身の健康を保つ。冊子は永久保存予定。
2022年6月	東北合同文書歌会初参加	みやこ五行歌会潮風幹事。文書により参加実現。郵送された直筆のコメントは宝物になるだろう。
2022年9月	鈴木泥雲氏追悼歌会	世話役夕月氏を中心に16名が京都に集う。
2022年秋	全国文書歌会3回目参加	文書大会継続開催に感謝。参加できたことに感謝。
2023年1月	自作五行歌集上梓	そらまめ文庫『あの山のむこう』

五行歌五則 ［平成二十年九月改定］

一、五行歌は、和歌と古代歌謡に基いて新たに創られた新形式の短詩である。

一、作品は五行からなる。例外として、四行、六行のものも稀に認める。

一、一行は一句を意味する。改行は言葉の区切り、または息の区切りで行う。

一、字数に制約は設けないが、作品に詩歌らしい感じをもたせること。

一、内容などには制約をもうけない。

五行歌とは

五行歌とは、五行で書く歌のことです。万葉集以前の日本人は、自由に歌を書いていました。その古代歌謡にならって、現代の言葉で同じように自由に書いたのが、五行歌です。五行にする理由は、古代でも約半数が五句構成だったためです。

この新形式は、約六十年前に、五行歌の会の主宰、草壁焰太が発想したもので、一九九四年に約三十人で会はスタートしました。五行歌は現代人の各個人の独立した感性、思いを表すのにぴったりの形式であり、誰にも書け、誰にも独自の表現を完成できるものです。

このため、年々会員数は増え、全国に百数十の支部があり、愛好者は五十万人にのぼります。

五行歌の会　https://5gyohka.com/
〒162-0843 東京都新宿区市谷田町三―一九
川辺ビル一階
電話　〇三（三二六七）七六〇七
ファクス　〇三（三二六七）七六九七

中島さなぎ
島根県隠岐《おき》郡海士《あま》町
（隠岐諸島中ノ島）出身
大阪府枚方市在住
五行歌の会同人
MRWC（私設ウォーキングクラブ）所属
趣味は五行歌、みることきくことあるくこと。

そらまめ文庫　な 2-1

あの山のむこう

2023 年 1 月 25 日　初版第 1 刷発行

著　者　中島さなぎ
発行人　三好清明
発行所　株式会社 市井社
〒 162-0843
東京都新宿区市谷田町 3-19 川辺ビル 1F
電話　03-3267-7601
http://5gyohka.com/shiseisha/

印刷所　創栄図書印刷 株式会社
装画　福田万里子
装丁　しづく
本文中写真　著者

ISBN978-4-88208-200-2